CW00410785

EL BARCO DE VAPOR

Simón miedoso

Paloma Sánchez Ibarzábal

Ilustraciones de Dani Cruz

www.
literatura**sm**
.com

Primera edición: febrero de 2013
Segunda edición: octubre de 2014

Dirección editorial: Elsa Aguiar
Coordinación editorial: Paloma Jover

© del texto: Paloma Sánchez Ibarzábal, 2013
© de las ilustraciones: Dani Cruz, 2013
© Ediciones SM, 2013
   Impresores, 2
   Urbanización Prado del Espino
   28660 Boadilla del Monte (Madrid)
   www.grupo-sm.com

ATENCIÓN AL CLIENTE
Tel.: 902 121 323
Fax: 902 241 222
e-mail: clientes@grupo-sm.com

ISBN: 978-84-675-6134-0
Depósito legal: M-02631-2013
Impreso en la UE / *Printed in EU*

A mis hijos, Raúl y Carlos,
por todos los miedos superados.

A Simón le gustaba disfrazarse.

A veces se disfrazaba de oso. ¡Qué bien hacía el oso! ¡Qué fuerte y fiero se sentía! Rugía, arañaba, se ponía en pie sobre dos patas, perseguía a otros animales (su hermana Lola, su hermano Ramón). Sabía esconderse muy bien de los cazadores (su madre, su abuela). Pescaba salmones en los ríos y se comía toda la miel de los panales.

Cuando Simón se disfrazaba de oso,
sabía que no era un oso. ¡Pero lo hacía tan
bien como si de verdad lo fuera!

Otras veces prefería disfrazarse de lobo. A veces, de lobo bueno. Y otras, de lobo malo. Lobos variados, como los de los cuentos. Siempre era el jefe de la manada (su hermana Lola, su hermano Ramón). Recorría el bosque, olfateaba las pistas. Luchaba, gruñía, adivinaba dónde estaban las trampas. Cuando era un lobo bueno, con sus aullidos ahuyentaba a los perros que iban tras la liebre o el zorro.

¡AAAA

En cambio, cuando era malo, se hacía amigo de los monstruos del bosque y jugaba a asustar a los niños que caminaban por allí (su hermana Lola, su hermano Ramón). Por la noche, sus aullidos llegaban

hasta la luna. Así todo el mundo sabía que en ese bosque mandaba él.

Cuando Simón se disfrazaba de lobo, sabía que no era un lobo, ¡pero lo hacía tan bien como si de verdad lo fuera!

En ocasiones, Simón se disfrazaba de caballero. Cuando se convertía en Simón caballero, se sentía fuerte y capaz. Cabalgaba en su caballo, recorría grandes distancias. Exploraba nuevas tierras, liberaba a la gente, defendía su ciudad y subía hasta la torre del castillo a colocar su bandera. A veces, tenía que salvar a princesas o a príncipes en apuros o luchar contra dragones muy peligrosos. Tan terroríficos que habrían paralizado al otro Simón.

¡Sin embargo, al Simón caballero no había quien lo detuviera!

Cuando Simón se disfrazaba de caballero, sabía que no era un caballero, ¡pero lo hacía tan bien como si de verdad lo fuera!

15

Simón, durante el tiempo que iba disfrazado, se olvidaba del otro Simón: ¡ese niño que nunca sería capaz de hacer tantas cosas!

Por la noche, su madre le quitaba el disfraz, mandaba a Simón a la bañera, él se enjabonaba bien, le caía el agua de la ducha y entonces... ¡volvía a ser el Simón de siempre!

Cuando Simón se disfrazaba, se sentía feliz. ¡Podía ser lo que él quisiera! Pero en otros momentos... ¡no lo era tanto!

Y es que el Simón que vivía bajo sus disfraces era... ¡requetemiedoso!

Tenía miedo, por ejemplo, de encontrarse al perro de doña Felisa.

Su madre le decía:

—¿Por qué te da miedo? Si no hace nada.

Y doña Felisa también decía:

—¡Ay, qué chico tan miedoso! Si mi Leoncito no muerde ni a una mosca.

¡Pero Simón tenía miedo de Leoncito! Miedo de su hocico y su boca llena de dientes. ¿Y si le daba por darle un buen mordisco? ¿Cómo sabían su madre y doña Felisa que Leoncito no hacía nada? ¿Acaso podían leer el pensamiento a los perros?

Simón también tenía miedo de los chicos más bravucones de su clase. Siempre le obligaban a ponerse el último de la fila. ¡Era injusto! ¡Él llegaba primero! Pero no se atrevía a llevarles la contraria. ¿Qué ocurriría si lo hiciera?

Simón tenía otros miedos que no sabía explicar muy bien de dónde venían.

Cuando la profesora le mandaba salir a la pizarra, le temblaban las piernas. Le sudaban las manos. Las palabras se le aturullaban en la garganta. Entonces, su cerebro se quedaba en blanco: sin ideas que contar, sin lecciones que decir, sin números que sumar, restar o multiplicar.

El cerebro de Simón se vaciaba igual que si fuera una caja con un agujero en el fondo por el que se iba cayendo cuanto él había metido. Y a Simón le salía todo mal: las cuentas, las lecciones recién estudiadas... Y no encontraba respuestas para ninguna pregunta.

–Simón es un miedoso, Simón es un caguica... –murmuraban algunos compañeros al verle temblar.

Por eso, cuando llegaba a casa, lo primero que hacía era ponerse uno de sus disfraces y jugar a ser... otro Simón.

Pero al llegar la noche, después de bañarse, Simón miraba a ese niño del espejo con mucha rabia porque no era como a él le gustaría que fuese.

–Todos tienen razón: eres un miedoso ¡y no me gustas nada! –reprochaba a la imagen del espejo.

Y con esos pensamientos tan terribles se iba a la cama. A veces tenía horrorosas pesadillas. Otras veces soñaba que podía hacer cosas maravillosas que, siendo el Simón de siempre, nunca sería capaz de hacer.

Una noche... ¡tuvo un sueño muy raro!

Soñó que a la hora del baño, su madre le decía:

–¿Por qué no te quitas de una vez este horrible disfraz de Simón miedoso? ¿No ves que ya te queda pequeño?

Y tirando de una cremallera que nunca había visto y que apareció en su nuca, su madre le quitó el disfraz de Simón miedoso. Se quedó muy sorprendido: ¡él no sabía que llevara un disfraz!

Simón se enjabonó muy bien y, cuando salió de la bañera, se miró en el espejo. ¡Pero no vio su reflejo por ninguna parte! Simplemente... ¡había desaparecido!

¿Y ahora quién era?

A la mañana siguiente, Simón despertó y, antes de abrir los ojos, recordó el sueño. Se tocó el cuerpo con preocupación, pero... sintió sus brazos, su cara, su barriga, sus piernas... ¡Ufff, menos mal!

¡Ahí seguía todo! Se levantó y corrió a mirarse al espejo. ¿Sería posible que ya no fuera el Simón miedoso de cada día?

Pero en el espejo no vio más que a un niño en pijama igualito que el Simón de siempre.

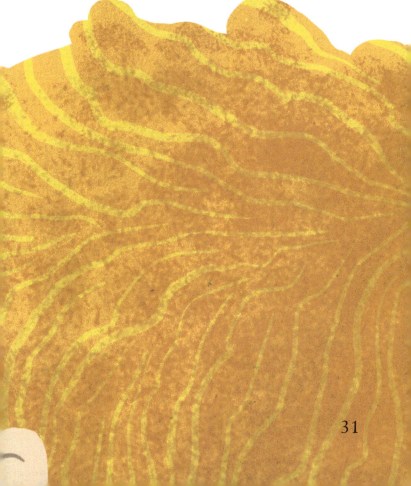

–¡A vestirse! Que se hace tarde para ir al cole... –escuchó la voz de su abuela detrás de él.

Simón se volvió y, al verla... ¡se echó a reír! La abuela era muy divertida. ¡También le gustaban los disfraces! ¡Y se había disfrazado de hada para despertar a Simón!, con un camisón largo, una varita mágica y una corona de estrellas. Simón sabía que su abuela no era un hada, pero cuando

se disfrazaba de hada, ¡lo hacía tan bien como si de verdad lo fuera!

La abuela le dio una camiseta roja y un pantalón azul completamente nuevos.

–Toma, Simón, hoy te vas a vestir con un nuevo disfraz –y le guiñó el ojo.

–¿Un nuevo disfraz? ¿De qué es? Si parece ropa corriente...

–Pues es un disfraz –aseguró la abuela hada.

Simón miró lo que había escrito en la etiqueta:

DISFRAZ

Sí, lo era. ¡Ahí lo decía!

–¿Pero de qué es?

–¡Pues... de lo que tú quieras!

–¿De lo que yo quiera? –se extrañó Simón.

Y empezó a imaginar qué papel podría interpretar con ese disfraz que valía para ser cualquier cosa. Por ejemplo, podría ser... ¡un famoso! ¡O... un niño rico! O un policía secreto, porque los policías secretos siempre llevan ropas corrientes...

Pero en la cabeza de Simón surgió de repente lo que él más quería ser:

–¿Puedo disfrazarme de... Simón valiente?

–¡Pues claro! De lo que tú quieras –repitió la abuela hada. Y le tocó en la cabeza con su varita–. De Simón valiente te irá bien.

Y eso hizo Simón. Se puso la camiseta roja y el pantalón azul, que parecían simples ropas normales, y se dijo delante del espejo: «Hoy voy disfrazado de Simón valiente» (para que ese otro Simón se enterase bien).

Y así, esa mañana no se peinó a raya como siempre se peinaba, sino que lo hizo como imaginó que un Simón valiente se peinaría: con el pelo bastante alborotado.

No le dio el beso flojito de siempre a su madre, sino que le dio un beso fuerte y apretado de Simón valiente. Su madre se echó a reír porque casi pierde el equilibrio, de la fuerza que tenía ese Simón.

–¡Qué barbaridad! ¿Pero quién es este niño?

No bajó las escaleras como si llevara
en su mochila una enorme y pesada pie-
dra, sino que las bajó a la carrera y de dos
en dos, ¡como bajaría cualquier Simón
valiente con ganas de comerse el mundo!

No caminó por la acera arrastrando los
pies como si le pesara mucho su cuerpo,
sino que decidió caminar con zancadas
largas, igual que caminaría un Simón valiente.

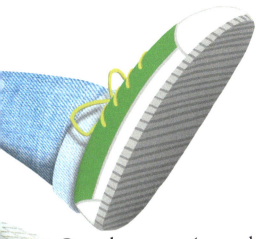

Cuando se cruzó con doña Felisa y Leoncito se acercó con ganas de jugar, Simón recordó su disfraz y pensó que un Simón valiente no retrocedería ante un perro tan pequeño, así que decidió probar a hacerle una caricia.

–¡Vaya por Dios! –dijo doña Felisa, impresionada–. ¿Pero dónde se ha metido el Simón miedoso de siempre? ¡Este es un nuevo Simón al que no reconozco!

Simón se puso muy contento. ¡El disfraz funcionaba de verdad! Doña Felisa no había visto al Simón miedoso. Y ningún perro se atrevería a morder a un Simón valiente que se acercara con confianza a acariciar su lomo.

¡PLAS!

Cuando llegó al colegio, se puso en la fila para subir a clase, pero no con la cabeza baja como hacía siempre Simón, sino con la cabeza bien alta y la cara sonriente. Al fin y al cabo, iba disfrazado de Simón valiente.

Saludó a sus compañeros chocando sus manos, como saludaría un Simón valiente...

Luego, llegaron los bravucones.

–¡Eh, tú, al final de la cola!

Entonces Simón no los miró con su habitual mirada temblorosa, sino que decidió que fuera el Simón valiente quien sacara su mirada desafiante. Mirándolos a los ojos, Simón valiente dijo:

–¡No iré al final de la cola! ¡Yo he llegado primero y aquí me quedo!

Simón se dio cuenta, bajo su disfraz, de que la voz y la mirada de un Simón

valiente, al igual que la espada de un caballero, o el rugido de un oso, o el aulli-
do de un lobo, no admitían discusiones.
Los bravucones no insistieron y se fueron
ellos al final de la cola, preguntándose qué
le habría pasado a Simón esa mañana para
estar tan raro.

11 × 5 = 55

Aquel día, cuando le pidieron salir a la pizarra, Simón, antes de ponerse en pie, recordó que iba disfrazado de Simón valiente y que, si él no quería, nadie podía ver al Simón miedoso que estaba escondido bajo el disfraz. Así que decidió que fueran las piernas de Simón valiente las que caminaran hacia la pizarra. Y las piernas no temblaron. Porque eran piernas de Simón valiente. Sus manos no sudaron porque ahora eran manos de Simón valiente.

Y en su cerebro de Simón valiente encontró todo cuanto le hizo falta para responder a las preguntas de la profesora.

Cuando llegó a casa, Simón merendó, vio la tele, hizo los deberes, se quitó el disfraz, se bañó y, por primera vez... ¡sonrió al niño del espejo! Lo vio feliz.

Y es que, cuando aquella mañana se disfrazó de Simón valiente, él sabía que no era un Simón valiente... ¡pero lo había hecho tan bien como si de verdad lo fuera!

Desde ese día Simón sabe que, cuando ser el Simón de siempre parece que no basta, solo tiene que abrir su armario y disfrazarse de lo que haga falta.

TE CUENTO QUE PALOMA SÁNCHEZ...

... nació en Madrid. A los ocho años escribía las aventuras que le hubiera gustado vivir: historias en las que los niños ganaban y los mayores perdían. De mayor, tuvo algunos trabajos un poco aburridos, y por fin decidió dedicarse a lo que le hacía feliz: escribir.

Paloma es un poco como Simón. Cuando era niña tenía miedo a la oscuridad, a los coches de choque, a la velocidad, a las alturas, al agua.... Ella pensaba que cuando creciera se le irían todos... ¡Pero no! ¡Los mayores también tienen miedos!

Una vez participó en una obra de teatro, que es como jugar a disfrazarte de algo que no eres. ¡Y lo hizo de maravilla! Así que decidió que cada vez que tuviera miedo de hacer algo, se disfrazaría y su personaje lo haría por ella. Sigue teniendo miedo, pero... sabe que puede hacerlo tan bien como si no lo tuviera.

Paloma Sánchez ha publicado otros títulos en esta colección, como *¿Quién sabe liberar a un dragón?* o *Pirata Plin, pirata Plan.*

TRISTÁN, IGUAL QUE SIMÓN OSO, CONSIGUE EN-
FRENTARSE AL GAMBERRO DE SU CLASE... SI LEES
LA PANDILLA DE TRISTÁN, verás

cómo lo consigue.

LA PANDILLA DE TRISTÁN
Alain Serres
EL BARCO DE VAPOR, SERIE AZUL, N.º 156

Y LO CIERTO ES QUE, CUANDO UNO SE PROPONE
ALGO, CASI SIEMPRE ES CAPAZ DE CONSEGUIRLO.
IGUAL QUE ALEJANDRO, EL PROTA-
GONISTA DE **SIETE REPORTEROS
Y UN PERIÓDICO**, que consigue mon-
tar el periódico de su colegio... y mu-
chas cosas más.

SIETE REPORTEROS Y UN PERIÓDICO
Pilar Lozano Carbayo
EL BARCO DE VAPOR, SERIE NARANJA, N.º 175

SI TE DAN MIEDO LOS MONSTRUOS (AUNQUE SOLO SEA UN POQUITO), TIENES QUE LEER LOS **CUENTOS DE MONSTRUOS.** ¡Conseguirás saberlo todo sobre ellos y quizá hasta hacerte amigo de alguno!

CUENTOS DE MONSTRUOS
PARA LEER, COMPRENDER Y DIVERTIRSE
VV. AA.

¿TE GUSTA DISFRAZARTE? PUES CON EL LIBRO **DISFRÁZATE CON ESTILO** podrás hacer un disfraz de dragón con bolsas de basura o uno de bruja con una camiseta rota... Pon en marcha tu imaginación y aprovecha los objetos que ya no usas.

DISFRÁZATE CON ESTILO
Rebecca Craig